BOW DOWN Douglas Messerli and John Baldessari

THERE ISN'T TIME

THESE TOO

LOURDES RESTAURANT
1125 NATIONAL CITY BLVD.
NATIONAL CITY, CALIF.

A cura di Paul Vangelisti
Traduzione dall'inglese: Manuela Bruschini

For Amelia Rosselli

story you will tell me about
yet another time, when
you will have seen it wrong.
                    [And if these
verses are lame bumpkins it is

because we are ready for another
story which we know quite well

and finally do without, the instinct
for instantaneous rhyme lost

because rhythm had finally
already looked you over.

                    – Amelia Rosselli

CONTENUTI

CONTENTS

FINO A NOI
    per Courtney e Dennis

Al contrario
l'oscuro è immenso
in lontananza
confuso come un singolo
atto del volo
proprio come arrivasse
nel cielo notturno
per essere sommerso
dalla luce. Non puoi
notare la profondità
della sospensione, come
il tocco circonda il tempo
nel cavo della mano.
Questo vuoto è la terra
fuggente dal vaso
di polvere. Guarda qui
la forza del ventre
gonfiandosi nell'essere
altro da se stesso.
Osserva le estremità
di un destino di preparazione:
come il mare trascina indietro
sogni che i viaggi hanno
assorbito. L'abbondanza
della tela vuota indica
i fantasmi dello svanire.
Guarda, se puoi sopportare
l'attesa, si disperde, stretto
invisibilmente.

(da Nanni Cagnone)
23 Agosto 1998

Unto Us
        for Courtney and Dennis

On the contrary
the obscure is vast
at a distance
confused as a single
act of flight
just as it arrives
in the night sky
to be engulfed
in light. One cannot
notice the depth of
cessation, how the
touch surrounds time
in the cup of hand.
This void is the land
escaping from the vase
of dust. See here
the force of the belly
bulging into being
another from itself.
Observe the extremities
of preparation's fate:
how the sea pulls back
the dreams the voyages
assimilate. The abundance
of the empty canvas points
to the shadow of the vanish.
Watch, if you can stand
the wait, it scatter, invisibly
embraced.

[from Nanni Cagnone]
August 23, 1998

Piansi quando sentii
il fatto, ah! – come sembravi
te stesso! il sole la lucentezza che
si spargeva attraverso la schiuma.
Questo tempo calante,
obliquo ansimante. Un miraggio
di terapia eroica. Tirannia
fu un colpo di vento!

    Come te, ero
un granchio sospeso, un fiocco giù
dallo spray divino dell'esistenza,
suonando per la seconda loggia
quella che il minuscolo villaggio poteva udire
come campana di disperazione. Che noia
dover ripetere ciò che devi
peggio e sempre peggio.
Il lampo/schianto/schizzo – giù
dentro la domanda da loro mai indagata.
Ho attraversato le consuetudini.

Ma tu, che tu-tu-tu
non debba mai temere la lingua intorpidita!
Mi sono fermato ad osservarti, tutto un singulto
tra le condizioni di animazione
e tenerezza. Freddo, ho guardato il freddo
dilavare sullo spavento di tutto il tuo calore,
la retorica che affinavi per rubare
il tuo essere. Come saltavano i coltelli
alla tua vista!

(da Andrea Zanzotto)
22 Agosto 1998

I cried, when I heard
the fact, ah! – how you resembled
yourself! the sun the gloss
that scattered across the spit.
This time descending,
gasping askew. A mirage
of heroic therapy. Tyranny
was a blast!

      Like you, I was
a suspended crab, a flake off
of the celestrial spray of existence,
playing for the second balcony
what the tiny village could hear
as a bell of distress. What a bore
to have to repeat what you have to
repeat worse and worse and worse.
The flash/crash/splash – down
into the question they never
investigate. I went through the usuals.

But you, that you-you-you
should ever fear the tongue asleep!
I stooped to observe you, all in a hiccup
between the terms of animation and
endearment. I watched, cold, the cold
wash wash over the terror of all your heat,
the rhetoric you smelted down to steal
your being. How the knives jumped
at your sight!

[from Andrea Zanzotto]
August 22, 1998

Si affrettano, disperdono.

Sì, è vero io ero deciso
e tu non avevi rimedio
se non equilibrio sotto forma di insinuazione.
La mia splendida mano
fu punita alla stretta
(ho sentito dicerie scommettere
sul mio crollo): ero uno vulcano
di sbagli.

Chi era il terzo? Chi era il
morfema mancante? (sentii
sotto la pietra che erano
dello stesso sesso). Tutti
giungono le mani, vedi, Beatrice,
allineando la tua visione
al viaggio del risarcimento.

Ho udito notizie della tua ferita.

Chi doveva essere il terzo?
Allinearsi fu il difetto
di ciò che venne su, quasi a mani
vuote naturalmente. Sai,
ero l'osservatore del freddo.
Mi sono additato e sono scomparso.

Qualcuno doveva essere là. Qualcuno
doveva afferrare l'angolo di ciò che era
stato abbandonato. Qualcuno doveva andare
d'accordo con la pantera del rimpianto.

Si affrettano sempre al disperdere.

(da Andrea Zanzotto)
22 Agosto 1998

They jump disperse.

Yes, it's true I was intent
and you, had no remedy
but balance into insinuation's
air. My beautiful hand
took chastisement to the twist:
(I heard the gossip betting
on my collapse) I was a blaze
of errors.

Who was the third? Who was the
missing morpheme? (I heard
under the stone that they
were the same sex). Everyone
joins hands, you see, Beatrice,
by aligning your sight
to compensation's tour.

I heard news of your wounding.

Who was the third to be? Align
-ment was the shortcoming
of what came up nearly empty-
handed of course. You know,
I was the observer of the cold.
I pointed at me and disappeared.

Someone had to be there. Someone
had to grab the corner of what
was left. Someone had to string
along with the leopard of regret.

They always jump at the disperse.

[from Andrea Zanzotto]
August 22, 1998

L'analogo che esso dispensa è pietra
di granito, una pulce nell'orecchio dell'avido
cervo scende giù a bere ciò che da sapore.
Devi capire! Uno è febbre
di ogni infetto fardello, l'altro
solido come la luna riflessa nella
vetrina del negozio. Uno è ponte tra lo spazio
che esso conduce al tempo, e il tempo ancora, l'altro
un lampo, un voltare da. Nella lingua
la corda vocale fronteggia brusio di mucose
agglutinanti; brucia il cuore in ragione
della sua rovina, sanguina nel giogo della
sutura in cui cadde. Punge così tanto da desiderare
la respirazione necessaria all'atto
del dubbio. Stomaco gonfio punisce
la sua sopravvivenza, negando il varco alle sue preghiere.

(da Paolo Volponi)
22 Agosto 1998

The parallel it dispenses is a granite
stone, a flea in the ear of the rapacious
deer come down to drink what salts.
You have to understand! One is a fever
of every infected burden, the other
solid as the moon reflected in the window's
shop. One is a bridge between the space
it brings to time, and time again, the other
a flash, a turning from. In the tongue
the vocal chord faces the buzz of agglutinating
mucus; the heart burns for the reason
of its ruin, bleeds into the inspan of the
seam it fell into. It stings so to want
the respiration necessary for the act
of doubt. The bloated stomach punishes
its survival, denying passage to its prayer.

[from Paolo Volponi]
August 22, 1998

LONTANO
per Amelia Rosselli

La tua figura svanisce
nel chiuso che io pretendo
essere spazio. La tua sostanza
nella sua assenza diventa
ogni giorno più concreta.

Le icone non rispondono.
Ad ogni simmetria vedo
la tua bocca che bacia
il suo fuggire lontano. Dicono
tu abbia labbra adorabili.

Ricomposto o mentre ritiri
le orme del declino
cerco di immaginarti che ti trattieni
solo un poco sul dorso
della foto

che non abbiamo scattato. In uno
scatto non hai mai deciso
di ammetterne i fattori determinanti.
Ogni porta è un'ovvia
distrazione.

Verbi, voglio verbi per portarmi
lontano là dove tu sei nominato.
Ma non ci credo comunque.
Lungo le strade ho visto solo
il tuo fondoschiena! Ma ancora

non hai raggiunto prima
quello che di certo deve esser stato
il mio dopo. E' come una specie
di trama senza
azione.

(da Marcello Frixione e Tommaso Ottonieri)
26 Agosto 1998

AWAY
for Amelia Rosselli

Your figure fades
into the shut I pretend
is space. Your substance
in its absence becomes
more real every day.

The icons don't respond.
At every symmetry I see
your mouth kissing
its escape away. They say
you have lovely lips.

Recast or withdrawing
the footsteps of regress
I try to imagine you hanging
just a little to the back
of the photograph

we didn't take. In a snap
you never get decision
to admit its determinants.
Each door is an obvious
distraction.

Verbs, I want verbs to take
me away to where you are said.
But I don't believe it anyway.
Down the street I just saw
your back! But still

you haven't arrived before
what was surely to have been
my after. It's like some sort
of plot in which there is no
action.

[from Marcello Frixione and Tommaso Ottonieri]
August 26, 1998

Le folle gridano stupore!
Alla volta del tempestoso convegno
del vasto inerte selvaggio, volgono
il tenero cuore di gomma.
Comuni come la febbre che contraddice
ciò che l'occhio evidenzia, dicono
l'inciampare in danza di paese
del morfinomane che l'intende
come un valzer di Tolstoy. Alla volta del freddo
glaciale, l'occhio freddo è debolezza genetica
di quelli che sono infestati da memorie prenatali
del loro lignaggio.

Le folle gridano stupore!
Nel mito del perduto viaggio
si avventano contro l'anfibio
strisciante dei loro auspici. La cometa
è destinata a far colpo
sui loro desideri. Alla volta delle grandi navi
sventrate nel porto, affondano
in fretta per fuggire se stesse. Prega
le ipofisi dei marinai proteggano
le future generazioni, perché la folla
ha ingoiato tutto salvo il vortice
del loro cerchio.

(da Adriano Spatola)
24 Agosto 1998

Two Crowds

The crowds exclaim amazement!
Toward the high stormy convention
of the vast inert savage, they
turn the gummy tender earth.
Banal as the fever that contradicts
what the eye consults, they witness
the stumbles of the morphine addict
in a country dance, interpreting it as
a Tolstoyean waltz. Toward the glacial
cold, cold eye is the genetic weakness
of those haunted by prenatal memories
of their bloodline.

The crowds exclaim amazement!
Within the myth of the lost voyage
they rush to the amphibious
reptile of their wishes. The comet
is destined to make a hit
upon their desires. Toward the great
ships disemboweled in port, they lunge
in hurry to get away from themselves. Pray
the sailors' pituitary glands will protect
the future generations, for the crowd
has swallowed everything save the swirl
of their circle.

·

[from Adriano Spatola]
August 24, 1998

VANITÀ

La vanità nel suo viaggio
per prendere coraggio falsifica
un rimprovero col vuoto, regolando
l'alternanza nel riportare
i passi là dove sono
venuti. Nella notte
si nasconde anche dalle
lucciole e rifiuta di
riconoscere il sonno come
rifugio dalle proprie
bugie coscienti. Mai
provocare gli eventi
se si ricerca la realtà stagnante
dell'approvazione. Affronta
la bramosia del giorno,
esibendo quel piccolo sentiero
tra dove sei stato prima
e dove sarai
ancora.

(da Gabriele Frasca)
25 Agosto 1998

VANITY

Vanity on its journey
to take heart forges
a reprochement with
emptiness, disciplining
alternation by taking
footsteps to where they
have come from. In night
it hides even from
the fireflies and refuses
to recognize sleep
as a refuge from
its conscious lies. Things
must never be stirred up
if one is seeking the stagnate
reality of praise. Rise
to face the day's hunger,
trotting out that little path
between where you have been
before and where you will go
again.

[from Gabriele Frasca]
August 25, 1998

Questo è un impulso unanime,
guardare giù verso il vero liquido
dell'Atlantico spinge il flusso
del clima a seguire la marea. Le arterie

cercano di prendere direzione, la razionalità
è sradicata dai piccoli scoppi
di granate e metafore termiche.
O naufragate signore i cui piroscafi

trapassarono il freddo ghiaccio, guardate in alto!
Guardate in alto al pesce degli abissi uccelli
sornioni. La Croce del Sud è
il sogno della donna. La signora del mantello

ha gettato un incantesimo nei gorghi
dei tuoi piedi. Ragazzini ci sbavano
e uomini affogano per mancanza d'acqua.
La luce maltratta la grande bussola.

Guardate in alto, dico, prima che
le nuvole coprano il meccanismo algebrico
di Calder, prima che il grande fantasma
della foca alata esibisca il suo vecchio

trucco di scomparsa. Le vostre propensioni
sono il risultato di ogni accidente. I vostri
rubini scintillanti nel mare insanguinato
dovrebbero brillare ancora alla luce delle stelle.

Il mare, dico, non è soggetto alla nave.
Neppure quel volteggio che è saltato tra
i nastri dei vostri ciuffi. Donne nello spazio
senza un cielo borbottante nella musica del tuono,

mettete quei diamanti nei vostri occhi e vedete
quando arrivate là, che il viaggio ha condotto
al grande muro nero dell'antica ballata.

(da Emilio Villa)
23 agosto 1998

Andrea Doria

This is a unanimous impulse,
looking down upon the true
Atlantic liquor causes the flux
of climate to tide. The arteries

reach for course, while rationality
is uprooted by the little sprays
of shrapnel and thermic metaphors.
O shipwrecked ladies whose steamers

pierced the cold ice, look up!
Look up to the fish of the deep birds
sneak. The southern cross is
the donna's dream. The lady of the coat

has cast a spell in the eddies
of your feet. Little boys dribble
there and men drown for lack of water.
The light shafts the great compass.

Look up, I say, look up before
the clouds cover Calder's algebriac
mechanism, before the great phantasm
of the wingèd fog trots out his old

disappearing trick. Your inclinations
are the result of every accident. Your
rubies sparkling in the bloody sea
might still shine in the starlight.

The sea, I say, is not the subject of the ship.
Nor even that vault that leapt across
the ribbons of your forelocks. Women in space
without a sky grumbling in the thunder's music,

put those diamonds in your eyes and see
when you get there, that the voyage has led
to the great black wall of ancient air.

[from Emilio Villa]
August 23, 1998

Gli alberi sposerebbero
le foglie al domani,
il sole nascerebbe il suo erede
attraverso il cielo, e il respiro
valuterebbe il suo consumare
dalla distanza del destino
se il grido fosse condotto
al palmo.

Ma la distanza preferisce conquistare
la foglia alla bacca,
per immergere la creazione in
una battaglia che dà
frutti nel calice
della mano disperata
con qualunque elemosina
lasciata cadere.

(da Emilio Villa)
27 agosto 1998

The trees would marry
the leaves to the after,
sun bear its heir
through the sky, and breath
speculate its exhaust
by the distance of fate
if screech was put
to palm.

But reach prefers conquer,
the leaf to the berry
to plunge generation in
to a battle that bears
fruit in the cup
of the desparate hand
with whatever alms
let drop.

[from Emilio Villa]
August 27, 1998

DOVE UN PALPITO PER ISTIGARE UNA BREVE PROCESSIONE
O DAR VOCE AD UN NAUFRAGIO PRIVATO DI
ESPIRAZIONE...
          - Luigi Ballerini

È buona cosa
che la roccia
possa avvolgersi nel palmo
della mano, ed esso sentire
i segni precari
del precisissimo taglio,
incisione, baratro di ciò che costò
anche alla roccia la sua esistenza
come massa, vogliosa di
catarsi. La distoglie,
forza ciò che il nascondiglio
rigido e ingabbiato cela
per fuggire la possibilità
della sua proiezione attraverso lo
spazio. Se solo si potesse trattenere
l'ignoto, ammucchiare la massa
nel centro del palmo
per non indurre riflessione
dentro a una contorsione di ciò che è
tenuto al guinzaglio – l'assassino sferza
sempre più veloce
della reazione, lancia la prima
seconda, terza
pietra prima che la vittima percepisca
anche il livido o il sangue
abbandonato l'impulso urgente della conseguenza.
In simile desolazione, una voce
non può sopravvivere se la lingua
sta attaccata al feldspato. Ha bisogno
del vivo toccare giù, intorno, contorno per schiacciare
tutto quello che può distruggere
la breccia della sua agitazione.

(da Luigi Ballerini)
24 Aprile 1998

WERE A THROB TO ENTICE A BRIEF PROCESSION
OR GIVE VOICE TO A WRECKAGE DEPRIVED OF
EXPIRATION...
        - Luigi Ballerini

A good thing
is that rock
can curl in the palm
of hand, and it feels
the precarious signs
of the very neat incision,
cut, chasm of what cost
even rock its existence
as a mass, craving for
cathexis. It deters it,
stretches what the hide,
starched and caged, covers
to escape – the possibility
of its projection across
space. If only one could keep
the hidden, heap the mass
in middle of the palm
to not exort a reflection
into a contortion of what's
dogged by leash – the murderer always
slashes faster
than reaction, tosses the first
second, third
stone before the victim perceives
even bruise or blood
let alone the urgent throb of result.
In such a wilderness, a voice
cannot survive if the tongue
is tied to feldspar. It needs
the joint of the active fingering
down, around, surround to crush
all that can destroy
the rubble of its nervousness.

[from Luigi Ballerini]
April 24, 1998

Senti come viene, attraverso un cielo
per esser precisi, tremando in
terribili proporzioni, infetto
com'è con l'aria! Lei, paziente,
improvvisamente bianca, aspetta che
l'assalti. Ecco il rostro! no, ora
una specie di vibrazione che pulsa
come un immenso coro in emersione.
Ma non emerge, lei è salva.
Guarda sopra la spalla e
raggela. "Perché questa forza possente
mi rifiuta" è l'ultimo pensiero prosciugato
col sangue del suo cervello. Per l'eternità
attende il caldo respiro delle bestie.

(da Elio Pagliarani)
24 Agosto, 1998

Hear how it comes, through a sky
to be precise, trembling into
terrible proportions, infected
as it is with the air! She, patient,
utterly white, waits for it to
jump her. Now the beak! no, now
a sort of vibration that pulsates
like an immense chorus into emergence.
But it does not emerge, she is safe.
She looks over her shoulder and turns
into ice. "Why did this powerful force
refuse me" is the last thought drained
with the blood of her brain. For eternity
she waits for the hot breath of beasts.

[from Elio Pagliarani]
August 24, 1998

Il confine resta
come salda barriera
contro il rapido stupore
dell'evidenza: come un'immagine
anche il fuoco arde. Le più calde essenze
corrispondono ai messaggi
del sole risplendente
dentro alle tue rose. Parlo
col tuo silenzio e tutto
torna a ciò che brucia continuamente
dentro allo sguardo del cuore
che nell'attardarsi ha inciampato.
Assenza piroetta nel ripensamento.
Ti pieghi con una tale pulita meraviglia
i daini ancora aspettano
le notti di stagioni consumate.
Ah, il lungo frusciare di ciò
che potrebbe essere lino o tiglio
contro una triste pelle di cipolla.
Così nel pomeriggio d'agosto
la lirica lascia la tavola per piantare
una sorpresa nell'incestuoso equivoco.
La fessura del secondo taglio
ancora stordisce il timido cervo,
i secoli che precedono
la nostra intelligenza mostrano
il volto morbido dell'intimazione.
Vieni, picchiano alla finestra, e io…
il confine resta.
Come sono bianchi il perché e il quando
in silenzio contro il livido
viola del dove, mi chinai
per districare quelle ammissioni
necessariamente e certamente rinnegate.

(da Rosita Copioli)
25 Agosto 1998

The boundary remains
as a thick hedge
against the swift amazement
of the evidence: fire as an image
also burns. The warmest essences
correspond with the messages
of the resplendent sun
inside your roses. I speak
with your silence and – everything
returns to what burns incessantly
into the gaze of the heart
that stumbled in the linger.
Absence whirls in the afterthought.
You bow with such a neat astonishment
the fawns still wait for
the nights of consumed seasons.
Ah, the long rustlings of what
might be linen or linden
against a blue-onion skin.
Thus the lyric leaves the table
to plant a surprise in the incests'
shuffle in the August afternoon.
The crack of the aftermath
still stuns the shy deer,
the centuries preceeding
our intelligence is proof
of the soft pane of summon.
Come, the window knocked, and I...
the boundary remains.
How white the why and when
keeping silence against the violet
bruises of where, I bent
to unravel at those admissions
necessarily and certainly denied.

[from Rosita Copioli]
August 25, 1998

ROTOLANDO

Piegati nube! Una passione
è distrutta in cammino.
Quando sconfitta, la storia è specchio
della tua vittoria, paura di
impegnarsi nella sublimazione
di una capriola estiva.

Piegati nube! il campo
attende il tuo abbraccio !
Il grigio che ora indugia
sull'aria rotolerà lontano
nel giorno del castigo.

Piegati!
e rimarrai sopra la collina.

(da Amelia Rosselli)
22 Agosto 1998

Bow cloud! A passion
is destroyed in the run.
When defeated, history is the mirror
of your victory, the fear of
engaging in the exhaltation
of a summer somersault.

Bow cloud! the field
awaits your embrace!
The gray that now hangs
over air will roll away
the day of retribution.

Bow!
And you shall stay upon the hill.

[from Amelia Rosselli]
August 22, 1998

Nessuno saprà
di noi o del nostro viaggio
così sembrava
prima all'albeggiare – ora
guardatelo! – è invecchiato
e avvizzito nella veglia.
Non conosce più il luogo
che io rinnego, ma ancora
pretende di aver fede. Cos'è la fede
se non la garanzia quotidiana
di perderla, privilegio
di avere tanta arroganza
che puoi accettare anche il misero
umano abbattuto ai tuoi piedi?
Porto? Non ve n'è alcuno,
neppure viaggio, ne vigilanza. Solo
un giovane uomo seduto fuori
dove nessuno più osa
andare, seduto là su una sedia.

(da Mario Luzi)
26 Agosto, 1998

No one will know
about us or our journey
so it seemed
at dawn before – just look
at him! – he got old
and withered in the vigil.
He no longer knows the place
I abjure, yet still has his faith
he proclaims. What is faith
but a daily pledge
to lose it, the privilege
of having such arrogance
you can accept even the poor
felled human at your feet?
Haven? There is none, no voyage
either, no vigilance. Just
a young man sitting outside
where no one any longer dares
to go, there sitting in a chair.

[from Mario Luzi]
August 26, 1998

Tra le pieghe
della notte
sono visioni
della città, echi
d'indifferenza percepita
dai palpiti
nell'ultimo terreno
delle bestie. Giovani uomini
odorano di sporco, i loro clienti
sorprendono per tenace deviazione.
Il fattorino suda
dall'evidenza della sua passione,
fratello muto cammina
avanti con la folla che ricerca
invisibilità, l'uomo olivastro
arriva da qualche altro villaggio,
il frutto di se stesso
furto di giovinezza, il ragazzo
col berretto è nato
per completare la sua storia,
e ovunque ciascuno abbaglia
senza cedere la
luce ai vicoli neri neri.
Il fanciullo ossuto
in pantaloncini bruciacchiati
strilla, gallo
che diventa orologio.
Tempo di andare? Alcuni al momento
lo fanno, e alcuni restano e altri
né questo né quello, sospesi
ai bordi della possibilità.

Certamente è estate.
Ancora. Non la è.
Tranquilla. Intollerabilmente chiassosa.
Pressoché pace.

(da Pier Paolo Pasolini)
7 Ottobre 1998

Between the bends
of the night
are visions
of the city, echoes
of indifference sensed
from the pants
in the last field
of beasts. The young men
smell dirty, their customers
stupendous in their tough
turning. The errand boy sweats
along the facade
of his passion, the mute
brother goes along
with the crowd that seeks
invisibility, the olive man comes
from some other village,
the fruit of his own
theft of youth, the boy
in the cap was born
to complete his history,
and everywhere everyone
dazzles without giving up
light to black back alleys.
The scrawny kid in scorched
shorts screeches, the cock
that becomes a clock.
Time to leave? Some actually
do, and some stay and some
do neither, hanging
at the edges of possibility.

It is summer surely.
Still. It is not.
Quiet. Intolerably noisy.
Almost peace.

[from Pier Paolo Pasolini]
October 7, 1998

Qualcuno esitò

prima che lui colpisse

i giorni ancora

e ancora col veleno

in uno stile tranquillo

ed un migliaio d'atomi

di omicidio nel suo sangue.

E così la storia finisce

in un altro spazio. Qualcuno

arrugginito nella resina

ricolmò la sua pelle con le mani

estinguendo il suo odio

senza un singolo dito

impresso nell'atto del sospetto.

(da Milo de Angelis)
23 Agosto 1998

The Silent Ones

Someone hesitated

before he struck

the days again

and again with poison

in a quiet style

and a thousand atoms

of murder in his blood.

And so the story ends

in another space. Someone

enrusted in the resin

filled his skin with hands

extinguishing his hatred

without a single finger

printed on suspicion's act.

[from Milo De Angelis]
August 23, 1998

Fui lasciato
insanguinato sotto
il manico del corpo,
fui lasciato
solo nel mio sogno,
fui lasciato
con la memoria
spumeggiante agli angoli
della mia bocca, lo fui
lasciato con un fumo
di parole, fui lasciato
a venire in mente a me stesso.

Finì. Gli agguati su di "noi"
attesero di avere le mani
posate sopra. E avvenne che
prendemmo scorciatoie
fino ai cerchi sotto i nostri occhi.
Prendemmo il pane
dalle nostre bocche,
appendemmo i nostri pensieri
fuori ad asciugare ed aspettammo,
aspettammo di avere
le mani posate sopra. Finì.

E poi. Ciò che circondava "noi"
girò indietro a circondarsi,
e fummo noi ad aver
circondato noi stessi con noi
stessi. Non avemmo il coraggio
di affermare di non esser mai diventati pietra
così restammo fuori visuale
nelle nostre stanze tra la notte.
Ci svegliammo in un letto che non sapevamo
essere della nostra stessa creazione, il letto
in cui siamo stati partoriti e nutriti.

E poi. Non c'era nessuno.
continuato/ interruzione di strofa)

MURDER HE WROTE

I was left
bloody under
the body's handle,
I was left
alone in my dream,
I was left
with memory
frothing at the corners
of my mouth, I was
left with a smoke
of words, I was left
to occur to myself.

It did. The stalks of "us"
waited to have hands
laid upon. And it came
to pass that we took
the shortcut to the circles
under our own eyes. We
took the bread
from our mouths, hung
our thoughts out to dry
and waited, waited to have
hands laid upon. It did.

And then. What surrounded "us"
turned back to surround
itself, and it was us who had
surrounded ourselves with our
selves. We didn't have the courage
to pretend we never came home
so we stayed out of sight
in our rooms through the night.
We woke in a bed we did not know
was of our own making, was the bed
in which we had been born and bred.

And then. There were none.

Fui lasciato a vedere il sangue correre
dagli angoli del mio cuore, Io fui
lasciato a battere pugni nel mio stesso
intestino, fui lasciato a morire
per conto mio.

(da Sebastiana Comand)
28 Agosto 1998

I was left to see the blood run
from the corners of my heart, I was
left to strike a fist into my own
guts. I was left for dead
by myself.

[from Sebastiana Comand]
August 28, 1998

Dovrebbero essere avvertiti – il fenomeno
è facilmente spiegato. Una supposizione
è sempre vera se la fonte di conoscenza
è il fatto. Per esempio, gli usignoli
smaniano. Il padrone è triste.
Spegni il sole e tutto è improvvisamente
silenzioso. Possiamo supporre la luce del giorno
non tolleri il buio, le scure
ombre che produce. Possiamo supporre
che un gatto non striscerà attraverso
un ponte sotto il quale uno è accanito
a gocciolare. Fuori è generalmente fuori
fuoco. Il padrone è triste.
Il padrone è fuori
da categorie, fuori
di testa, forse, cercando
di comprendere il nero
arco tra albero
e oltre. Gli usignoli
sono notturni. L'ombra
nascente sa che l'adolescenza
è il fuoco più tremendo.
Il cielo esagera come sempre.

(da Alfredo Giuliani)
28 Agosto, 1998

They should be warned – the phenomenon
is easily explained. A supposition
is always true if the fountain of knowledge
is fact. For instance, the nightingales
are in a frenzy. The master is sad.
Put the sun out and everything is suddenly
silent. We can suppose daylight
does not tolerate the dark, dark
shadows it creates. We can suppose
a cat will not crawl across
a bridge under which one's dogged
to gutter. Out is generally out
of focus. The master is sad.
The master is out
of sorts, out
of his mind, perhaps, trying
to understand the black
arch between tree
and ahead. Nightingales
are nocturnal. The rising
shadow knows adolescence
is the most dreadful fire.
The sky exaggerates as always.

[from Alfredo Giuliani]
August 28, 1998

DUE SGUARDI CONVERGENTI IN UN PUNTO
MA BLOCCATI DA UN PIANO

Qui tra le rapide
del mio entusiasmo
sta il grado del vivere. Un obiettivo
forma lo scopo, come una maschera
mortuaria è fatta di pubblico volto.

Freddamente, col suo occhio di pesce, l'onniscienza
viene scaricata come lo scatto meccanico
di ciò che è venuto a cacciarti: un blocco
di assenza inclinato al taglio. Cos'è
di questa saetta

di vuoto senza nome che le dà l'apparenza
di un soccorso, quando noi la sappiamo
attratta dalla morte. Ancora vengono
correndo verso di lei, le mani a mezzo interrogando
a mezzo abbracciando il suo spazio.

Il volto che indossa questi fatti
è cuneo per il risveglio di una
furia bacchica e un accesso al suo torso
dilaniato, nido fluido per l'apparentemente
spontaneo richiamo della frivolezza.

E pure basta quando il tormento invocherà
il futuro sopra una luna solida. Giù
sul pianeta terra il saggio
deve coltivare il suo giardino. Voltaire capì.

(da Edoardo Cacciatore)
25 Agosto 1998

Two Stares Making a Point
but Blocked by a Plane

Here among the active
shoots of my enthusiasm
is the caste of living. A target
forms purpose, just as a death
mask is made of the public face.

Coldly, with its fish eye, omniscience
is discharged as the machine click
of what has come gunning for you: a block
of absence tilted to the cut. What
is it about this labelless shaft

of emptiness that gives it the appearance
of a rescue, when we know it is
attract for death. Still they come
running toward it, hands half questioning
half in an embrace of its space.

The face which wears these facts
is a wedge for arousal of a bacchic
fury and an access to its mangled
torso, a fluid nest for the seemingly
spontaneous cry of futility.

It also suffices when torment will plead
for the future on a solid moon. Down
upon the planet earth the knowing
must soil their plants. Voltaire understood.

[from Edoardo Cacciatore]
August 25, 1998

Questa luna rivela la realtà
ai sepolcri due volte,
sopravvivendo al logorato costume
ostentato oltre mero sospetto, mancando
anche del giudizio di certi ragazzi di strada
che si vestono almeno da morti. Questa luna
nella quale ora sono abbigliato è morte,
sono certo, battendo il mio sangue
col mio respiro. Nullità si leva
bianca e ottiene uguale appiglio
con lo sguardo dell'innocenza, gli occhi
contengono oceani, le braccia sono fragili
antenne che esaminano quale sentimento
può essere stato, e poi- importa
(ricordo meravigliandomi) ch'io non
sia più là? Ch'io non sia più da nessuna parte?

(da Edoardo Cacciatore)
24 Agosto, 1998

This moon bares reality
to the tombs twice
outliving the frayed costume
flaunted past sheer suspicion, lacking
even the sense of certain street boys
who dress at least in death. This moon
in which I am now dressed *is* death,
I am certain, my blood beating
with my breath. Nullity stands up
white and gains equal footing
with the gaze of innocence, the eyes
contain oceans, the arms are fragile
antennae testing for what feeling
might have been, and then – does it matter
(I remember wondering) that I am no
longer there? that I am no longer anywhere?

[from Edoardo Cacciatore]
August 24, 1998

Il confine della speranza
sta dentro la folta siepe
da cui scivoli veloce. Ardo
di compassione, cerco di mostrare
armonia con la betulla attraverso
mormorio vibrante. Lasciateci disprezzare
l'oblio benevolente: giusto
cielo, tu, e ascoltando interamente
è lui che prepara i viaggi
dalla siepe – ansiosa dialettica
di ciò che presto sarà
la vorace stagione del compiuto

vuoto, quando respiriamo poco a poco
fino all'onda che blandisce ciò che desidera
cessare di rievocare come paziente consenso.
I proclami del vuoto calano
sopra gli occhi bianchi del mondo.
Parlare, parlare adesso là
nel sole con gli astri, ci incalza
a fare un passo al tuo cenno nella brezza.
Proprio come tu non puoi avvolgere il fumo
al tuo ciglio, non puoi ignorare
le lacrime che ciò procura al debole,
quieta luna lucente
sul pergolato dove ancora io dormo.

(da Rosita Copioli)
29 Agosto, 1998

LEFT, LEAVING

The boundary of hope
is inside the thick hedge
you slide swiftly by. I blaze
with compassion, try to speak
correspondence by murmur's quiver
with the birch. Let us scorn
the benevolent oblivion: true
sky, you, and listening entirely
is he who prepares the voyages
from the hedge – the anxious dialectic
of what will soon be
the rapacious season of complete

emptiness, when we breathe in time
to the wave which baits what desires
cease to retrace as a patient consent.
The declarations of the void descend
upon the white eyes of the world.
To speak, to speak now there
in the sun with asters, he urges
us to step to your nod in the breeze.
Just as you cannot curl smoke
to your eyelash, you cannot ignore
the tears it brings to the weak,
calm moon shining
on the bower where I still, sleep.

[from Rosita Copioli]
August 29, 1998

Tutta la notte l'inattesa visione
dissolve in sciocco stupore –
il linguaggio della purificazione.
                          C'è follia
nella ricerca di salvare
se stessi, l'appiglio
a qualsiasi stratagemma.
                    La manifestazione dell'afferrare
è lei stessa bloccata
dall'impresa delle dita
che traggono a somiglianza
tutto ciò che non è affatto
simile a quanto la demolizione
cerca.
                    Malgrado il desiderio
la fede, la speranza a
portata di mano, la ragazza nella storia
è fatta per sopportare
sullo scanno del suo abuso.
                          Mai alcuno fu
triste quanto me
dacché le lingue
dei serpenti si sono curvate
nel materasso del mio incerto
sonno.
                    Fortunatamente l'immaginazione
è alquanto regressiva, esistendo soltanto
in astratto, contrastando
ciò che l'io ha accettato
molto tempo addietro.
                          Ancora, nella bara
qualcuno potrebbe dire, se altri volessero
fosse davvero al cuore
della sua turbina, per trascinare,
trattenere, spingere, liberare.
                          Tenni lui
fra le braccia nell'atto
di sputar fuori il mio odio, la rabbia.
Lo chiamano affetto, l'afflizione

All night the sudden vision
dissolves into foolish stupor –
the language of defecation.
                    There is folly
in the search to save
oneself, the grasp
at any strategem.
                    The manifestation of grasping
is itself blocked by
the feat of fingers
pulling into resemblance
all that is nothing
similar to what the demolishment
seeks.
                    Despite the desire
the belief, the hope at
hand, the girl in the story
is made to stand
on the stool of her abuse.
                    Never was anyone
so sad as I
that the tongues
of serpents had curved
into the mattress of my uncertain
sleep.
        Fantasy fortunately
is quite regressive, existing merely
in the abstract, opposing
what the ego accepted
a long time ago.
                    Still, in the coffin
one could say, if others would
that it was at the very heart
of its turbine, to pull, keep
within, push, release.
                    I held him
in my arms in the very act
of spitting out my anger, hate.
It is called affection, the affliction

di qualsiasi rapporto.
                                        Scrivere
è ricercare ciò che
si sgretola col tocco delle
possibilità, dal voler
mescolare l'inattesa visione
all'atto dell'immaginazione.
                                Comprendere
è l'unica speranza. Di che?
La paura è diventata
sconcerto e delusione
a quello che i giovani sempre dicevano
i vecchi mai acconsentirebbero
tranne su ciò di cui loro, ora che sono vecchi,
non possono più parlare.
                                Sapere
non è abbastanza. Nella nostalgia
natura e presunzione si uniscono.
Quando il fiore sboccia la maggior parte
ha già detto che doveva farlo.
Ma che lo fece!
                        Che lo fece
malgrado la predizione ----(parola illeggibile!)
della realtà è il miracolo
nonostante tutto
                        a prolungare
aspettative che tu potresti
e vorresti sicuramente avere
ciò che tu e chiunque altro
sapevate essere impossibile, impossibile.

(da Giuseppe Guglielimi /
guardando Jane Eyre)
28 Agosto 1998

of any relationship.
                    To write
is to search for what
crumbles with the possibilities
touch, of wanting
to mix the sudden vision
with imagination's act.
                    Understanding
is the only hope. Of what?
Fear has become
bewilderment and disappointment
to what the young always said
the old would never acquiesce
but about which they, now old
no longer have a say.
                    To know
is not enough. In the nostalgia
nature and presumption merge.
When the flower blooms most
have already said it must.
But that it did!
                    That it did
despite everyone's prediction
of the fact is the miracle
despite all
          to continue
expectations that you might
and would surely have
what you and everyone else
too knew was impossible, impossible.

[from Giuseppe Guglielimi / while
watching *Jane Eyre*]
August 28, 1998

Stavo cercando
la breccia per un'architettura
che fa saltare agli occhi
ciò che può legarsi. E poi…
poi…ho accettato e continuato
a misurare questo pezzetto
di negazione affiorante. Ho
lottato per esprimere quali tratti di un libro?
C'è una prigione
d'immensità che suona
sia come trapassando
sia come trascinando l'equilibrata
mano, come padre
al figlio di se stesso, traducendo
il proprio discorso in gergo ufficiale.
Rubai sguardi. Mi dimenai
fuori dai miei pantaloni: semplicemente è
una svolta troppo grande per me, troppo
contro la gioia eccessiva
di ciò che la vita era nella sua negligenza.
Stavo là in piedi
ancora con il collo a gru
a spiare l'icona della sua parola
chiudere i battenti nel buio.

(da Giancarlo Majorino)
21 Maggio 1999

PETITE MORTE

I was searching
the rubble for an architecture
that springs into face
what can knots. And then....
then....I accepted and continued
to measure that little bit
of denial surfacing. I struggled
to voice which lines of a book?
There is a prison
of vastness that sounds
both like passing
and dragging the measured
paw, like father to son
of oneself, translating
one's own speech into gobbleygook.
I stole looks. I wriggled
out of my own pants: it is just
too much of a bend for me, too much
against the overblown joy
of what life was in its neglect.
There I was standing
still with neck at crane
to spy the icon of its speaking
shutter in the dark.

[from Giancarlo Majorino]
May 21, 1999

Se da più alta elevazione
il cuore guarda giù
sopra se stesso per vedere,
la testa lucente di un cucciolo
verrà fuori
come evidenza dell'inquietudine
di un inaccessibile
passato...l'uomo, di due teste
ora, guardando avanti e indietro
è una massa nera contro il suo
ordine ufficiale, mentre fuori dall'acqua
blu e salata il sonno assalta
la furia cieca della ripugnanza
sopra la quale ha lasciato il suo marchio.

(da Biancamaria Frabotta)
21 Maggio 1999

If at higher elevation
the earth looks down
upon itself to see
a sleak head of pup
will have come up
as evidence of the turbulence
of an inaccessible
past...the man, of two heads
now, looking forth and back
is a black mass against his own
official order, while out of the blue
and salty water sleep assaults
the blind bluster of disgust
upon where it left its stamp.

[from Biancamaria Frabotta]
May 21, 1999

Silenzio?

Non ancora...non abbastanza
il tuo debito rimane
notevole. Il testo
ed i suoi vuoti sono
te e la visione
di te che hai avuto, il trasalire
che era tuo compito, per
straziare la tua canzone,
per distruggere il brandello
di chiacchiera di cui intendevi
occuparti tessendo lungo
disintrecciati percorsi
che ti conducono dove
hai cominciato. Le cose si ritirano
dalle loro stesse ombre. La notte
improvvisamente è pieno
mezzogiorno e tu hai bevuto
la luna. Taciuti, i rifugi dicibili
nella tua pelle. Prendi la mira
con gli occhi alla pistola
di un così breve istante lasciato ed esploso
fuori dalla lingua umana che racconta il tempo
tra i nostri denti porosi
per resistere e fermarti.
Non dire più
di quel che devi!

(da Mario Luzi)
22 Maggio 1999

Silence?

Not yet...not enough
your debt remains out-
standing. The text
and its gaps are
you and the vision
of you you had
at the start, the startlement
which was your task, to
mangle your song, to undo
the tatter of chatter
you intended to attend to
by weaving along the unwoven
paths that put you where
you have gotten to. Things withdraw
from their own shadows. The night
is suddenly high
noon and you've drunk
the moon. Unsaid, the sayable hides
in your skin. You take aim
with your eyes at the gun
of so little time left and shoot
off the human tongue telling time
through our porous teeth
to stand and put you under
arrest. Say no more
than what you must!

[from Mario Luzi]
May 22, 1999

Douglas Messerli is the author of several books of poetry, drama and fiction. He is also the publisher of Sun & Moon Press and Green Integer.

Noted artist John Baldessari has had major one-man shows throughout the world.

M L & N L F
29010 Castelvetro Piacentino - Piacenza - Italy
litoeffe@agonet.it - www.michelelombardelli.com

finito di stampare il ventotto febbraio 2002
per i tipi delle edizioni NLF
presso la NuovaLitoEffe in Castelvetro Piacentino (Piacenza)

Printed February 28, 2002
by NLF editions
at NuovaLitoEffe in Castelvetro Piacentino (Piacenza) Italy